COLEÇÃO
Tim-tim por Tim-tim

SONIA JUNQUEIRA

UUUHHH!

Ilustrações:
DENISE ROCHAEL

Conforme a nova ortografia

Formato

*Para o Adilson Rodrigues,
que lê "tintim por tintim" as minhas
histórias e dá palpites de bambambã...*

FALANDO E ESCREVENDO
COMIGO É ASSIM:
EU APRENDO TUDO,
TIM-TIM POR TIM-TIM...

– QUEM SOBE A ESCADA?

– EU **SUBO** A ESCADA
DEGRAU POR DEGRAU,
E FAÇO BARULHO
DE PERNA DE PAU...

– QUEM DORME DE DIA?

– EU **DURMO** DE DIA,
DE NOITE EU ACORDO:
ESPANTO A CORUJA
E FAÇO DESORDEM...

5

– QUEM ENGOLE BALA?

– EU **ENGULO** BALA,
SORVETE, PUDIM.
E A MINHA BARRIGA...
TADINHA DE MIM!

– QUEM TOSSE DE NOITE?

– EU **TUSSO** DE NOITE
E FAÇO UM BARULHÃO
QUANDO SINTO NA GARGANTA
COCEIRINHA OU COCEIRÃO.

– QUEM COBRE A CABEÇA?

– EU **CUBRO** A CABEÇA COM O COBERTOR QUANDO ACHO QUE TEM FANTASMA NO CORREDOR!

– QUEM SACODE A PANÇA?

– EU **SACUDO** A PANÇA
SE COMEÇO A RIR.
MAS ISSO ME CANSA
E VOU LOGO DORMIR...

– QUEM COSPE FUMAÇA?

– EU **CUSPO** FUMAÇA
E FOGO TAMBÉM:
NÃO TENHO CABEÇA
NÃO VEJO NINGUÉM...

– SUBO, DURMO, ENGULO, TUSSO, CUBRO E SACUDO, E CUSPO: PALAVRAS FALADAS E ESCRITAS COM U.

– SERÁ QUE ELAS SÃO PARENTES DO… URUBU?!

FICHA CATALOGRÁFICA

Dados Internacionais de Catalogação na Publicação (CIP)
(Câmara Brasileira do Livro, SP, Brasil)

Junqueira, Sonia
UUUHHH! / Sonia Junqueira; ilustrações
Denise Rochael. – São Paulo: Formato
Editorial, 1995. – (Coleção Tim-tim por Tim-tim)

ISBN 978-85-7208-121-4

1. Literatura infantojuvenil. I. Rochael,
Denise. II. Título. III. Série.

95-1165   CDD-028.25

Índices para catálogo sistemático:
1. Literatura infantil   028.5
2. Literatura infantojuvenil   028.5

3ª tiragem, 2011

UUUHHH!

Texto © 1995 SONIA JUNQUEIRA
Ilustrações © DENISE ROCHAEL

Editora
SONIA JUNQUEIRA

Coordenação de Arte
NORMA SOFIA

Projeto Gráfico
NORMA SOFIA (capa)
DENISE ROCHAEL (miolo)

Sugestões de Atividades
FRANCISCO MARQUES
(Colaboração: ADILSON RODRIGUES)

Editoração Eletrônica
NEILI DAL ROVERE

Direitos reservados à
SARAIVA S.A. Livreiros Editores
Rua Henrique Schaumann, 270 – Pinheiros
05413-010 – São Paulo – SP
PABX: (0xx11) 3613-3000
Televendas: (0xx11) 3613-3344
www.editorasaraiva.com.br

Atendimento ao professor: 0800-0117875
falecom@formatoeditorial.com.br

Visite nosso *site*
www.formatoeditorial.com.br

Proibida a reprodução total ou parcial desta obra
sem o consentimento por escrito da editora.

Impressão e Acabamento: Cometa Grafica e Editora
www.cometagrafica.com.br - Tel- 11-2062 8999